붉은 밭

붉은 밭

창비시선—다시봄

최정례

차례

제1부

010   숲

011   사슴 구경

012   보푸라기들

014   3분 동안

016   늙은 여자

018   고래 횟집

020   바람결에

022   돌멩이 돌멩이 돌멩이

024   기차, 바퀴, 아버지

026   꽃

028   비행기 떴다 비행기 사라졌다

제2부

032   무너지기 전에

034   까마득 나무 앞을

036   흘러가다

038   1초 전에는 오리

040   여기는 어디?

042   붉은 구슬

043   기둥

044   구름 위에 집

046   황사

048   피

050   여우의 길

052   돌 속에 새

054   가물가물 불빛

056   가족

제3부

058   빨간 다라이

060   투명한 덩어리

062   게 눈 때리러

065   빵집이 다섯개 있는 동네

066   먼 지붕

068   사슴이 장대에 올라

070   밤 비행기에서

072   화투

074   일타홍과 도화마

076   파헤쳐진 흙

078   두 사람의 잠

080   황일(黃日)

제4부

082   달과 수박밭

084   미루나무 길

086   북국(北國) 생각

088   햄스터의 밤

090   봄 그림자

092   벽과의 춤을

094   안녕

096   나쁜 책

098   악몽의 벚나무

100   산 위에 밭

101   당나귀 귀의 숲

104   달빛이 살쾡이같이

106   붉은 밭

107   **시인의 말**

제1부

숲

한 나무에게 가는 길은
다른 나무에게도 이르게 하니?
마침내
모든 아름다운 나무에 닿게도 하니?

한 나무의 아름다움은
다른 나무의 아름다움과 너무 비슷해

처음도 없고 끝도 없고

푸른 흔들림
너는 잠시
누구의 그림자니?

사슴 구경

그 말이 끝나자
머리에선 뿔이 돋았다
나뭇가지처럼
그 말이 끝나자 귀 뒤에서
불이 켜지고 싹이 돋았다
어디선가 종이 울리고
두 손이 엎드려 앞다리가 되었다
구름들이 내려와
등판에 배에 옆구리에
얼룩덜룩 들러붙었다

아주 멀리서 온 기적처럼
유모차에 아이가 딸랑이를 흔들며
이쪽을 향해 무어라 소리치는데
날아가던 그 말 알 수 없었다

나는 왜 여기 서 있었는지
그 말 무엇이었는지

보푸라기들

저 티끌을 지나서 왔구나
저 벌레를 지나서
한없이 지나서 왔구나

업은 아이를 내려놓고
순두부를 시켜 먹는 동안
홀쩍거리며 코를 훔치는 동안
아이는 끽끽거리며
바닥을 기어다니고

너의 나이 나의 나이
저 티끌에서부터의
나이를 셀 수가 없구나
그동안 돌비는 깨어지고
많은 은금보화는 땅에 묻히고
까마귀도 긴 족보를 이루었는데*

검은 옷에 끈질기게 따라온 먼지들
악착같이 따라붙는 희끄무레한 것들

무엇이 되고 싶은 것이냐
세포가 되었다가
버러지가 되었다가
떨치고 일어나
짐승이 되고 싶은 것이냐

검은 옷에 악착같이 따라다니는
보푸라기야
구렁텅이야

* 백석 「북방에서」에서 인용.

13

3분 동안

3분 동안 못할 일이 뭐야
기습 결혼을 하고
아이를 낳을 수 있지
다리가 끊어지고
백화점이 무너지고
한 나라를 이룰 수도 있지

그런데
이봐
먼지 낀 베란다에 널린
양말들, 바지와 잠바들
접힌 채 말라가는
수치와 망각들
뭐 하는 거야

저것 봐
날아가는 돌
겨드랑이에서
재빨리 펼쳐드는 날개를

저 날개 접히기 전에
어서 결혼을 하고
아이를 낳아야지
도장을 찍고
악수를 청하고
한 나라를 이루어야지

비행기가 떨어지고
강물이 갇히기 전에
식탁 위에 모래가 켜로 앉기 전에
찬장 밑에 잠든 바퀴벌레도 깨워야지
서둘러 겨드랑이에
새파란 날개를 달아야지

늙은 여자

한때 아기였기 때문에 그녀는 늙었다
한때 종달새였고 풀잎이었기에
그녀는 이가 빠졌다
한때 연애를 하고
배꽃처럼 웃었기 때문에
더듬거리는
늙은 여자가 되었다
무너지는 지팡이가 되어
손을 덜덜 떨기 때문에
그녀는 한때 소녀였다
채송화처럼 종달새처럼
속삭였었다
쭈그렁바가지
몇가닥 남은 허연 머리카락은
그래서 잊지 못한다
거기 놓였던 빨강 모자를
늑대를
배 속에 쑤셔넣은 돌멩이들을
그녀는 지독하게 목이 마르다

우물 바닥에 한없이 가라앉는다
일어설 수가 없다
한때 배꽃이었고 종달새였다가 풀잎이었기에
그녀는 이제 늙은 여자다
징그러운
추악하기에 아름다운
늙은 주머니다

고래 횟집

누가 고래 새끼를 묶어놓았나
즐비한 횟집 아래
비가 오고
바로 눈앞에서 파도가 부르고
고래는 자기가 죽은 줄도 모르고
엄마 젖을 부르네
빠져나가는 치맛자락 붙잡네
놓치고 헤매다니네
빗속에서
고래는 죽은 눈을 뜨네
떠내려가는 파도 자락 붙잡네
죽은 입을 벌리고
흐르려구
죽은 꼬리를 죽은 지느러미를 젓네
빗줄기가
횟집 유리창을 쓸어내리네
간판 가장자리를
가죽나무 가지가지를
이마를 가슴을 창자를 다리를

흐르려구
흐를 수 없는 것들의 간곡함으로
흐르기로 하려구

바람결에

매미 소리가 시끄럽다
제재소 나무 켜는 소리처럼 울고 있다
집 안이 흔들린다
바람결에 톱밥 냄새가 스치는 것 같다

열 살짜리 여자애가 제재소 앞을 지나
주전자를 들고 간다
막걸리를 받아 오라는 심부름을 가고 있다
햇빛이 아찔하게 길바닥에 쏟아붓고

방충망 밖으로 여자애가 아른댄다
여자애의 치마가 나풀대고 있다

방충망에 무슨 곤충의 알인지
좁쌀만 한 게 매달려 있었다
반짝반짝 진주빛이었다
순식간 검게 변해버린다
검은 좁쌀알들이 솜털 같은 다리를 단다
꼬물댄다

거미 새끼 같다 무당벌레 같다
허공으로 빠르게 다리를 젓고 있다

순식간에 진주알들이 사라지고 없다
방충망 아래는 까만 낭떠러지인데

매미 소리가 잘게 잘게 부서지고 있다
제재소는 없다
주전자를 들고 간 아이는
돌아오지 않고 있다

돌멩이 돌멩이 돌멩이

저 끝, 아주 먼 곳에
내가 생각하는 네가 있지
돌멩이 돌멩이 돌멩이
웅크린 돌멩이에게
거기까지 도저히 갈 수는 없지
그가 하는 말 전혀 알아들을 수 없지
귓속에서 쟁쟁쟁 종만 때리고
유리창에 소리 없이 금이 가고
묵묵부답이지
그곳까지의 거리
그 끔찍한 내면의 거리
길도 없고 다리도 없고
무언의
접근하고 하나가 되는 것을 반대하는
거부가 있을 뿐이지
돌멩이 돌멩이 돌멩이 속으로
불가능의 꿈속으로
그 아득한 거리를 짐작해보는 것
이게 겨우 나의 사랑이지

으으 돌멩이 돌멩이 돌멩이

기차, 바퀴, 아버지

애야, 기차가 있다
방 가운데 구부려 누운
이제 바퀴 구르는 소리도 식어
누워버린
누구겠니
애야, 나무를 타고 오르던 바람을
결국 나무를 뽑아버리고
함께 나가떨어진 천둥 번개를
기억하니
늙었으나 또한 어린 왕이 있었다
부자였으나 아주 남루한 거지가 있었다
사나웠으나 아주 여린
애야, 기차가
봐라, 숨차게 달리다, 바퀴들
어떻게 널브러져 있는지
아무도 만지지 못하게 해라
만지면 만지면
날아가버릴지도 몰라
폭삭 주저앉고 말 거다

애야, 그러나, 저 소리
제멋대로인, 난폭한, 울보인
환하게 불을 켜고 달리는
기억하니
애야, 이것이 그냥 늙어 쓰러진
기차겠니
어디를 돌아 돌아 왔겠니
애야, 왕이란 늘 녹슨 바퀴를 품고 있다
저 소리, 덜컹이며
끝없이 굴러가고 싶어 하는 저 소리

꽃

열두 굽이굽이 산 너머엔
금빛 꼬리 여우가 산다구?

내려가고 내려가고 내려가서
올라가고 올라가고 올라가서
온갖 방향으로 흔들리라구?

깜깜하고 좁고 아득한 길을 찾아
색깔의 폭도들이 몰려오면
빨강에게 보라에게 껌정에게
쫓겨다니라구?

마지막을 향해 달리다가
처음을 향해 또 달리다가

공허의 줄기 끝에
매달리라구?

벼랑 끝에 창을 하나 내라구?
얼굴을 내밀라구?

아이구 저기 막장 끝에
저게 여우라구? 꽃이라구?

비행기 떴다 비행기 사라졌다

비행기 떴다
아주 작은 점이 되어 사라졌다

목요일은 한잠도 못 잤다
금요일은 하루 종일 잤다
토요일은 일요일은 사라졌다

서른살 땐 애 업고 전철역에 서 있었다
15만원짜리 카메라를 사서 할부금을 붓고 있었다
스무살 땐 레드옥스란 술집에서 울었다
연탄가스 먹고 실려갔다

비행기가 또 떴다 이곳을 뿌리치고
가느다란 흰 선을 남기고

사랑하는 자만이 날 수 있다
그렇지만 누가 그토록 사랑하는가?
라고 시작되는 시가 있었다
누구였던가 누구의 시였던가

그는 나가라며 등 뒤에서 문을 꽝 닫았다
그때 그곳은 처음 가본 곳이라서 어디가 어디인지
무작정 어두운 골목을 더듬어 내려오는데
비행기가 소리 없이 구름 속으로 지고 있었다

전화가 오고 전화가 끊어지고
육체는 감옥이라서 다디단 크림케이크를 먹고
몸은 부풀었다
육체의 창살 안에서 부풀었다

트럭이 거울을 싣고 가고 있었다
거울 속에 집들은 통째로 실려가다 기우뚱
골목을 제치고 순간에 자취를 감추었다

미겔 에르난데스의 시였다
너는 날 수 없으리라 너는 날 수 없다
네가 아무리 기를 쓰고 올라가도
너는 조난당하고 말리라

비행기가 무거운 쇳덩어리가 무작정 떴다
하늘 가운데 금속의 섬이 되어 돌고 있다

제2부

무너지기 전에

무너지기 전에 무너져야지 하는
죽기 전에 가야지 하는
그런 생각이 있었을 거야
모래알과 뼈와 피의 세포 속에서
순간
교란이 있기 전에
어둠 속에서 더 아득한 어둠 속으로
추락하고자 하는

그 백분의 일초 동안
뼛가루들은 모래알들은 알갱이들은
다 짐작하고 있었을 거야

그러니
갑자기 다리가 무너지고
산사태가 나고
순간은 비명조차 삼켜버리고
비행기는 추락하지

내가 무너지기 전에
내가 곧 무너진다는 사실도 모르고
절벽 아래로 추락하고 있는 중에도

알갱이들은 알갱이 속의 더 작은 알갱이들은
떨지도 않고 자기 의지대로
추락을 향해 가고 있는 거야

내가 얼마나 무거운지
깜깜하게 잊고 있는 중에도

까마득 나무 앞을

이 길 저 끝에서부터
푸르른 것이 흔들리는 것이
까마득 나무라고 불리는 것이
뻗어오고 있네
닿으려고
닿아 피우려고
애쓰고 있네
그림자 길게 눕히고
백천만번의 잎을 꺼내 걸쳐 보이고 있네

푸르른 것을
버려두고 나는 가네
뿌리치고 가네
푸른 그림자 멋대로 너울거리라고
눈 뜨고 눈 감고 가네
네가 나에게 가져다준
내 속에 있는 너를 닮은
흔들리는 달려 구르는
네 속의 나를 모른 척하고

백천만번의 잎을 스쳐가네

흘러가다

트럭이 플라스틱 통 4백개를 싣고 간다구
버스가 손잡이에 매달린 사람들을 싣고 간다구

나는 죽었다구
죽어 몸을 잃고 떠다니는데
아무도 알아채지 못한다구

저 지붕들 더럽게 흘러가는 강들 한없는 구름들
잊을 수 없는 차가운 가위들 핀셋들 약 냄새
주삿바늘 차갑게 부딪는 소리 신음들 발소리

트럭이 플라스틱 통 4백개를 싣고 간다구
나무토막을 빈 상자를 석유를 가스를 싣고 가는데

나는 죽었다구 나는 몸을 잃어 흘러간다구

헛간의 한구석에는 빈 병이 있구 쓰러져 있구
시큼한 술 냄새 같은 게 아직 남아 있구
죽은 내가 그리루 간다구 가서 눕는다구

트럭이 플라스틱 통 4백개를 싣고 가는데
내가 따라간다구 트럭은 어디로 가는지
나는 왜 가는지 모른다구

콩알을 센다구 콩을 까는 당신
당신 아이들이 둘러앉은 식탁 주위를 배회한다구
빈 그릇들을 조용히 바라보다가 그릇에 묻은
음식 찌꺼기 같은 것에 가만히 나를 대어본다구

그러나 나는 내가 누구인지 모른다구 다만 떠돈다구
당신들은 이름도 없구 몸도 없는 나를 믿지 않는다구

저것 봐 트럭이 흘러간다구 빈 상자를 싣고 가스통을 싣고
솜 공장인지 이불 공장인지 흘러간다구

1초 전에는 오리

골목을 돌아 걷는데
짧게 꽥
한마리 오리가 울었다
문득
날개를 펄럭거렸다

순간
땅을 박차고 오르는 날개
노을을 찌르며 날아가는 그림자

나는 두통을 견디려고
양손으로 관자놀이를 꽉 누르고
허공에 놓친 오리를 찾는데

1초 전의 틈 속으로
오리는 사라졌다

흰 날개와 뒤뚱거리는 엉덩이 대신
비닐봉지가 펄럭였다

내 눈을 비틀어 내 맘을 쥐어짜
쓰레기 더미나 뒤지시라고
그렇게 착각하시라고

오리가 있었다
쓰레기 더미가 있었다

여기는 어디?

벽에 걸린 푸른 옷이 흘러가 바람 불어 푸른 옷 넘치처럼 바다로 바다로 떠내려가 한밤중에 깨어 어디가 어디인지 알 수 없어 누워 내가 멀리 떠내려가는 것을 보고만 있어

폼페이 최후의 날에 굳어버린 그 여자 바다를 향해 아기를 안은 채 한 손으로 밀려오는 불덩이를 막으려고 막으려고 막을 수 있기나 한 것처럼 전신으로 아기를 감싸 안고 쓰러지며 바다로 기어가

언덕 위에 반쯤 쓰러진 나무 뿌리가 뽑힌 줄도 모르고 어떤 잎은 타오르게 하고 어떤 잎은 시들어가게 내버려두고 비린 바람에 나부끼며

그 여자 굳어버린 돌덩이 눈앞에 파도 소리 들는지 마는지 머리카락을 바람의 빗으로 빗으며 화산 폭발 이후 식은 용암의 모자상이 된 줄도 구경거리가 된 줄도 모르고

악취와 향기의 추락과 상승의 포옹과 공격의 길고 긴 시간을 오르내리며 한밤중 절벽에 매달려 쓰러지며 기어가며

흘러가는 여기는 어디?

붉은 구슬

교복을 입고 있었다 엎드려 울고 있었다 내 이름은 이홍주라고 했고 고3이었다 미닫이문 저쪽엔 어린 동생이 죽어누워 있었다 방 하나에 부엌이 딸린 집 문을 열면 연탄 아궁이가 보이고 아궁이 옆에 신발을 벗어놓고 쪽마루를 디뎌야방으로 들어갈 수 있었다 방문은 닫혀 있고 찬 바닥에 얼굴을 대고 흐느껴 울었다 울음소리에 흔들려 깨어났다

매일 지나다니는 길 옆에는 파출소가 있다 파출소 앞에갑자기 모란이 한무더기 매달렸다 차들이 지날 때마다 모란꽃 송이가 부르르 떨었다 곧 먼지에 덮였다 졌다

홍주라니 듣도 보도 못한 이름이었다 그 집 죽은 동생 기억에 없다 두 아이의 엄마가 된 게 언제인데 방이 넷인 아파트에서 이렇게 누워 있는데 내가 교복을 입고 쪽마루에 엎드려 우는 고등학생 홍주라니

이상하다 붉은 구슬 속에 갇힌 것 같다 아무것도 모르고 파출소 앞을 내가 지나다닌다 갑자기 매달린 모란 봉오리 내 이름이 아닌 핏빛 구슬 덩어리 좀처럼 피려 않던 먼지에 덮인

42

기둥

비스듬히 기울어 서 있다 마른 잎 하나 달지 못했다 바람
이 불어도 흔들리지 않는다 아무런 새 날아와 울지 않는다
혼자 고요하다

그는 맨바닥에서 목침을 베고 잤다 방바닥에 머리를 툭
떨어뜨리고도 다시 코를 골다가

갑자기 잎 내리고 천천히 기울어갔다 줄기 속을 흐르던
물소리 멈춘 건 어느날이었는지 뿌리 끝까지 다 죽어 썩으
려면 얼마나 걸리는지

그는 산에 가서 오지 않았다 추석인데 식구들 다 모였는데

그 집 기둥이 된 저 나무는 얼굴을 방바닥에 박고 있다 머
리가 땅이 되고 뿌리가 하늘을 향해도 전혀 아픔을 모른다

정말 아무것도 기억할 수 없는 것일까 왜 죽은 나무라고
저렇게 오래 서 있기만 할까

구름 위에 집

내 머리 위로 흰 구름 지나가네
매정하게 무관심하게

내 몸속에 내 회백질의 뇌수 속에
또 뭉게구름 지나가네
무심하게 하염없이

구름 위에 누추한 집
구름 위에 엄마 치마폭
구름 위에 꺼져가던 의자들

생각나고말고
빗자국에 얼룩진 더러운 유리창
엄마 치마를 찢어 커튼을 치자고 했네
창밖에 깁고 기운 첩첩의 지붕들
날마다 쌓이는 산동네 넝마들
가리자고 했네

넝마들이 낡은 구름 대신

44

우리 집 창을 기웃거렸네

계단을 오르고 오르고
열두번을 꺾어 올라야
솜틀집의 먼지처럼
우리 집이 뒹굴었네

내 머리 위를 건너뛰는
매몰찬 흰 구름
아무렇지 않게
몰려가는 저 저 능청 구름

황사

또 황사바람 몰려온다
한번도 소식 들은 적 없다

그런데 가끔 그 집 부엌의 숟가락들과
그 아내의 살빛을 생각하는 때가 있다

어쩌면 죽어 이 세상에 없는지도 모른다
그런데 모래바람 속에
기억의 목소리 속에
그 집 아이들의 웃음소리가 섞여 있다
노루 새끼 같을 아이들의 등허리와
흔들리는 유리창
마당에 널린 빨래들
바람에 섞여 번쩍인다

이상하다
사람과 넋과
있는 것과 없는 것
먼 곳에서 내가 살아가는 것처럼

첩첩의 산과 강 건너 거기
내 집 아닌 곳이 내 집인 것처럼
가끔 그곳과
그 집이 모래에 섞여 온다

피

내 피의 반은 할머니 피다
허리가 기역 자로 꺾였던
할머니 뼈는 내 굽은 등뼈가 되었다
나를 안아준 나를 팽개친
내 뺨을 갈긴 이들이 내 속에
함께 산다
내 속에서 국을 끓이는 이
못을 박는 이 불을 피우는 이
할머니다
창 아래 오종종 피어난 채송화
내 눈에 이쁜 것도
촛대를 닦아 꽃불을 피우던
할머니 피 때문이다
할머니 죽던 날
할아버지 마당만 쓱쓱 쓸었다 한다
억울하게 능멸당하면
벌레가 되어 울다가
독버섯으로 피었다가
뱀처럼 가늘어지고 싶은 거

할머니 피 때문이다

매 맞아 고막이 터져 한쪽 귀가 멀었던 할머니

세상의 굉음들이 아득한 먼지 뒤에서

내 귀에 쟁쟁거리는 거

할머니 귓속에서

소용돌이치며 울던 피 때문이다

여우의 길

한 백년은 묵은 그것이
좀처럼 잡혀주지 않는 불여우가
내 머리 위에서 튀어 달아난다

빌딩 사이를 건너
스카이라인을 그으며
휘어 빠져나간다
탐스러운 금빛 꼬리 흘린다

네온의 털빛으로
목을 휘감고
닿아봐, 만져봐,
뾰족한 주둥이로
찌르는 섬광 뿜어댄다

공중의 광고탑에서
맞달리는 차창 위로
빛의 긴 혀를 눕혔다 채가는
열두개 꼬리 달린 것들

거리의 벽을 후려친다
미친 듯 요염한 재주를 넘는다
전광탑 위로 뛴다
날랜 밤의 여우들

화농의 긴 골목도
지루하고 질긴 이 몸도 좀
벗어 던질 수 있도록

이 시간의 유리창을
차버리시지
간절한 비명 한줄기로
깨뜨려주시지

돌 속에 새

그는 밖에 있고
나는 안에 있다
깜깜하다
문은 없다
쟁쟁 울리는 망치 소리
아무도 듣지 못한다

그는 안에 있고
나는 밖에 있다
얼마나 오랫동안
부리 하나로
깜깜한 방을 두들겼는지

돌 속에 깃털
돌 속에 부리와 까만 눈
돌 속에 울음소리
듣지 못한다

날아간다

저기 까만 점처럼
새들이 무리 지어 날아간다
누가 던진 돌들이

가물가물 불빛

당신과 이젠 끝이다 생각하고 갔어
가물가물 땅속으로 꺼져갔어

왕릉의 문 닫히고
석실 선반 위에 그 불빛
얼마 동안 펄럭였을까
왕이 죽고 왕비가 죽고
나란히 누운 그들
칼을 차고 금신발을 신고
저승 벌판을 헤맬 동안
그 불꽃 혼자 어떻게 떨었을까

당신 나 끝이야
이젠 우리 죽은 거야

가물가물 마지막 불빛 사윈 다음
또 몇세기를 캄캄히 떠내려갈까
금관도 옥대도 비스듬히 쓰러졌지
다 무너지고 무너져서

왕비 어금니 하나 반짝 눈 떴지

얼마를 헤매게 될까
당신이 있는 세상 거기
그래도 봄이면 새 풀 돋겠지
삐죽삐죽 솟고 무성해지다
냇물은 소리치며 돌아 내려가겠지
당신 나 잊고 나도 당신 잊고

가족

벽이 있다
벽을 더듬어가면 창이 있다
하나 둘 셋 넷
그 집엔 네개의 창이 있다

그 집엔 네개의 입이 있다
깜깜한 입이

창은 기다린다
입은 기다린다

창에 진드기처럼 붙어 선
나를 떼어내야 하는데
떼어내야 하는데

깜깜한 입을 벌리고
하루 온종일

제3부

빨간 다라이

외갓집은 도라지 꽃밭 위에 없다
외갓집은 지금
부흥슈퍼 전망부동산 위 3층에 있다
북두칠성 아래 감나무와 수국나무 사이
우물도 없다
그 자리엔 흑장미비디오가 있다
외삼촌은 빚더미 위에 있고
장턱거리 밭은 가압류 중이고
구불거렸던 길은 곧게 펴졌다
외갓집은 지금 서기 2000년이고
부엌엔 김치냉장고와 정수기가 있고
엿 밥풀강정 술지게미 따위는 없다
잔칫집에서 술 취해 돌아오다
얼어 죽었다는 애꾸 김석출
때문에 무서워 외면하고 건너뛰던
도랑은 사라졌다
아라비아식 지붕을 모자처럼 올려놓은
모텔이 서 있다
방앗간은 연성공업사가 되었고

간판엔 이렇게 쓰여 있다

각종 플라스틱 통

저수조 물탱크 함지박 빨간 다라이 개집

투명한 덩어리

아무도 그를 알아보지 못하네
골목으로 난 창 아래 그가 서네
바알간 불빛 바라보네
창은
불빛은
처마는
그에게 인사 안하네
묻지 않네
적막의 시간을
투명한 얼룩이 흐르네
입속의 웅얼거림
얼어붙네
움직이지 못하네
그는 뚱뚱한 투명한 덩어리네
벙어리네
그가 집으로 돌아왔네
아무도 그가 돌아온 줄 모르네
한 저녁이
녹다 흐르다

가네

게 눈 때리러

게 눈 때리러
멀리서 바람이 달려왔다
종일 자기 집에 처박혀
빠끔 연기만 피우는 게에게
하루 종일 어디 갔었냐고
바람은 소리치고

게는 구멍 속에서
눈만 내밀고
아주 조금씩 봄을
섞어 피우는데
바람은 그것도 모르고

이른봄 서해바다에 갔는데
바람은 모자를 멀리 날려보내고

게는 자기 뚜껑을 꽉 붙잡고
구멍에서 나오지 않고

빵집이 다섯개 있는 동네

우리 동네엔 빵집이 다섯개 있다
빠리바게뜨, 엠마
김창근베이커리, 신라당, 뚜레주르

빠리바게뜨에서는 쿠폰을 주고
엠마는 간판이 크고
김창근베이커리는 유통기한
다 된 빵을 덤으로 준다
신라당은 오래돼서
뚜레주르는 친절이 지나쳐서

그래서
나는 빠리바게뜨에 가고
나도 모르게 엠마에도 간다
미장원 냄새가 싫어서 빠르게 지나치면
김창근베이커리가 나온다
내가 어렸을 땐
학교에서 급식으로 옥수수빵을 주었는데
하면서 신라당을 가고

무심코 뚜레주르도 가게 된다

밥 먹기 싫어서 빵을 사고
애들한테도
간단하게 빵 먹어라 한다

우리 동네엔 교회가 여섯이다
형님은 고3 딸 때문에 새벽교회를 다니고
윤희 엄마는 병들어 복음교회를 가고
은영이는 성가대 지휘자라서 주말엔 없다
넌 뭘 믿고 교회에 안 가냐고
겸손하라고
목사님 말씀을 들어보라며
내 귀에 테이프를 꽂아놓는다

우리 동네엔 빵집이 다섯
교회가 여섯 미장원이 일곱이다
사람들은 뛰듯이 걷고
누구나 다 파마를 염색을 하고

상가 입구에선 영생의 전도지를 돌린다
줄줄이 고깃집이 있고
김밥집이 있고
두 집 걸러 빵 냄새가 나서
안 살 수가 없다
그렇다
살 수밖에 없다

먼 지붕

기차가 서서히 역을 떠나
첫 숨을 몰아쉬는 언덕배기
거기서 보았다

판자와 비닐로 기운 누더기 지붕
울타리 대신 살구나무를 둘러 세운 집

벌판 가운데로
어떻게 우리 집이 걸어가 피어난 것일까
휩쓸려 날리다 떨어져서
돋아난 버섯처럼 엎드려서

어서 일어나라 밥 먹고 학교 가야지
비구름 몰려온다 빨래 걷어라
식구들 목소리
흩어지고 사라지는 안개에 덮이고

우리 집 한때 뇌우(雷雨)에 기진했었다
들판의 바람 속에서

발자국을 지우고 길들을 흐려놓고

그 집 몸뚱이 속에 심장처럼 뛰고 있는데
살구꽃을 저녁 불빛처럼 매달고
벌판에 느닷없이 돋아났는데

그냥 지나치고 있었다
잊은 듯이

사슴이 장대에 올라

빨랫줄에 빨래가 날고
사슴도 줄을 타고 함께 뛰었지
그때만 해도
사슴이 장대에 올라 해금을 켜는 걸
들었지
듣다가 듣다가
항아리 속으로 저녁이 뛰어들어
술을 익혔지
처마가 기울고 들판이 기울어
함께 들었지
그때만 해도
유월은 목단하고
매화는 파랑새하고
연애했지
복사꽃 뜬 냇물이
알을 낳던 시절이었지
알이 말을 낳고 말이 또 알을 낳고
그때만 해도
왕은 알에서 나왔지

왕도
사슴이 장대에 올라 해금을 켜는 걸
들었지
듣다가 장대에 올라 함께 울었지
그때만 해도
얄리 얄리 얄랑셩이 있었지
얄라리 얄라가 있었지

밤 비행기에서

비행기가 조용히도 떠 있어
둥그런 창 밖의 저 불빛
저게 눈물이라구?
곰팡이의 팡이실 같은
거미줄에 은구슬 같은
눈물은 아니라니까

풀줄기 아래
착하게도 엎드려 있는 무당벌레잖아
막 부화해서 날개를 터는 불나방이야
아니, 잘 봐
가로를 따라 천천히도 기어가는
헤드라이트 벌레들이지
흐느끼는 게 아니라고
줄을 서서 꽃밭의 새끼줄을 오르고 있어

병자나 광인이
신음과 절규가 어디 있어
부르르 떨다 제풀에 꺼져버리는

땅을 기는 별들이지
이 둥근 창에 갇히면
굽고 휘는 거야 엉켜버리잖아
저것들
눈물이 아니라니까

화투

슬레이트 처마 끝에서
빗방울이 뚝 또 뚝 떨어지구요
창에 기운 오동꽃이 덩달아 지네요
종일 추녀물에 마당이 파이는 소리
나는 차 배달 왔다가 아저씨와
화투를 치는데요
아저씨 화투는 건성이고
내 짧은 치마만 쳐다보네요
청단이고 홍단이고
다 내주지만
나는 시큰둥 풍약이나 하구요
창밖을 힐끗 보면
오동꽃이 또 하나 떨어지네요
집 생각이 나구요
육목단을 가져오다
먼 날의 왕비
비단과 금침과 황금 지붕을
생각하는데
비는 종일

슬레이트 지붕에 시끄럽구요
팔광을 기다리는데
흑싸리가 기울어 울고 있구요
아저씨도 나처럼 한숨을 쉬네요
이매조가 님이라는 건 믿을 수가 없구요
아저씨는 늙은 건달이구요
나는 발랑 까진 아가씨구요
한심한 빗소리는 종일 그치지를 않구요

일타홍과 도화마

심부원군이 한 기생을 사랑했으니 이름하여 일타홍이다. 일찍이 그 기생에게 일러 말하기를 "네가 평소에 사랑하는 자를 말해보거라. 손꼽아두겠다." 하니, 기생이 눙치며 "심부원군입니다." 했다. "나를 놀리지 말고 바른대로 말해라." 하니 기생이 "양웅산(梁熊山)입니다." 했다. 심부원군이 엄지손가락을 꼽다가 반쯤 꼽기를 꺼렸다. 이날 그 종에게 묻기를 "양웅산이 무슨 색 말을 타더냐?" 하니 "도화마(桃花馬)입니다." 했다. "네가 마구간에서 도화마를 끌고 와라. 날이 밝기 전에 일타홍을 기다렸다가 그자의 말을 쫓아버리고 이 말로 바꾸어놓아라. 그자가 타거든 내리지 못하게 하고 잡아 끌고 와라." 다음 날 아침 과연 데려왔다. 부원군이 인견하여 세웠다 앉혔다 하고 술을 먹이고 노래를 듣고는 말하기를 "과연 일타홍의 정인(情人)이 될 만하구나!" 했다. ──『어우야담』에서

복숭아 빛깔의 말이
살색의 말들이
그 당시 기생방에는 엎드려 있었다는 말인가?
일타홍의 복숭아 꽃방에서 일어나는 도색의 풍경을
조선시대 양반도 그려보고 싶었던 것일까?

늙은 권력자 심부원군의 분부대로
나는 도화마(桃花馬)를 도화말(桃花言)로 바꾸어 타네

세상의 모든 도화나무를 방문하여
말의 꽃문을 하나하나 두드리네
속삭임 같은
그런 분홍빛 봄날의 정경을
그런 얼굴 붉어지는 말의 환각을 지나네

3백년도 전에 가버린 봄에게로
옛사랑에게로
구렁텅이 그에게로

파헤쳐진 흙

파헤쳐진 흙이 있다
하수로를 따라 모형 산맥처럼 쌓여 있다
파헤쳐진 흙을 피해 멀리 돌아가며
사람들이 말한다
지저분해라 빨리 덮어버리지 않구

어둠 속에서 끌려나와 흙은 어둡다
막 도착한 피안의 냄새를 풍기고 있다
쌓인 보도블록 쪽으로
몰리며 밟힌다
침묵한다

당연히
파헤쳐진 흙은 다시 덮인다
덮여 봉해지고 관리된다
낯선 것은 제거돼야 하니까
도시 경관을 해친다고
자연스럽지 못하다고

콘크리트 아래 덮여야 한다는
지배적 믿음으로
폭력적으로 쌓여 있지 못하고

두 사람의 잠

나는 나 자신을 떠나지 못한다
소금이 바다를 떠나듯이
쇠종에서 종소리가 떠나듯이
그렇게 못한다

당신은 오래전에 잠들었고
등 뒤에서
나는 몸을 구부리고
벌거벗은 돌멩이가 되려고 한다

세상의 모든 구름들이
밤새 우리 지붕 위를 흘러간 적이 있으나

당신은 고치 속에 웅크리고
고른 숨을 내쉬고
이제 나는 잔인함을 받아들여
벙어리 자명종이다

놓여날 길 없는 차가운 밤

종 속에 갇힌 종소리들
유리창을 흘러내리는 안개들

당신은 잠결에 혹
손을 뻗어 중얼거리지만
당신이 잡은 건 게임판이거나
축구 경기의 채널

우리가 함께 갈 곳
찾을 수 있을까
우리가 함께 가더라도 각각
다른 장소인 그런 곳

황일(黃日)

걸어가다가
나무가
처녀애 같은 버드나무가
옆에 서 있었는데
외면했다
흐느적 섰었는데
그냥 지나쳤다
흥, 봄
표독스러운 모래
바람아
이 봄을
건너뛸 수는 없겠니
비탈아
나를 흔들어줄 수 있겠니
어디서 누가 통곡을 하나
봄바다 위 돛배
조용히
기울었다

제4부

달과 수박밭

달빛은 참 멀리서도 왔네
수박밭으로
검은 줄무늬 수박 고랑으로
달빛은 참
모텔 안으로 까만 차가
미끄러져 들어서고
빨간 차가 또 소리 없이 스며드는
거길 비추기도 하지
하루 온종일
수박밭은 뜨거웠는데
달빛은 참
미루나무를 눕히고
골짜기 논물에 미루나무가
누워서 흔들리다 흐려지다
꿈에 들어 혼몽 중인
거길 지나기도 하지
수박은 혼자서
둥글어지고 둥글어지고 둥글어지다
잎사귀로 노를 저어

둥근 달에게
기어오르기도 하지
달빛은 참
초록으로 얼룩덜룩한 줄무늬 속으로
붉은 방으로 가득 들어차려고
먼 태양 흑점에서부터 수박씨까지
얼마나 오랫동안
너를 만나러 왔는지 몰라 중얼거리며
여름날과 겨울날이 섞여버리도록
목이 말라서
푸른 골짜기 붉은 밭으로
달빛은 참

미루나무 길

봄의 베일 속에 찬연히
빛나며 나타나 그녀는 내 귓속에 침실을 만들고
내 안에서 잠들었다. 만물이 그녀 안에서 잠들었다.
경탄할 만한 나무들, 황홀한 초원을 감지하는
이 아득함, 내게 닥친 모든 놀라움.
── 라이너 마리아 릴케 「오르페우스에의 소네트」에서

미루나무는 미루나무와 잔다
미루나무는 미루나무와 이야기한다
기나긴 진창의 시간을

미루나무 서 있는 그 자리
뿌리치고 간다
한 떼로 떠간다

미루나무 미루나무를 잃어버리고
미루나무로 되돌아온다

미루나무 미루나무에 얽매여
미루나무를 거절하고
미루나무로 붙들리고

미루나무 시간을 삼키고
구름을 뱉는다

미루나무는 나무가 아니다
흩어지고 부서지며 떠간다

북국(北國) 생각
스웨덴의 영희에게

여긴 모란이 다 떨어졌는데
거기는 개나리가 핀다고 전한다
여긴 해가 지고 가게들이 셔터를 내릴 때
너는 일어나 눈이 파란 이들의 거리를 걷는다
두 아이를 데리고 유모차를 끌고 간다

오래전에 우리는 갈래머리에 교복을 입고 있었다
홍수가 나서 흙탕에 잠긴 창문을
떠내려가는 돼지들을
지붕 꼭대기에 올라가 떨고 있는 사람을
보고 있었다

너의 남편은 눈이 파랗고 머리가 노랗다
네 아이들의 이름은 듣지 못한 단어들이고
너는 알 수 없는 말을 그들과 주고받는다

우리는 한때 헬리콥터가 떠가는 운동장에서
노래를 불렀다
햇빛에 눈살을 찌푸리고 사진기 앞에서

억지로 이빨을 드러내 웃고 있었다

너는 양로원 노인들의 눈을 들여다본다
쭈글쭈글한 손등에 푸른 핏줄을, 까닭 없이 우는
고양이의 눈을 들여다본다

너 사는 땅 끝 배들이 젖 빠는 강아지처럼 엎드리고
백야의 먼 산은 얼음덩이를 이고 있다
너의 한밤중인 대낮 나는 지하철에 있다
누가 자꾸 죽는다
부조금을 내러 가서 국화꽃 속 사진을 본다

우리는 학교 앞 다리 위에서
보름달빵을 먹었고
작은 수첩에 단어들을 적어넣고
아침마다 학교에 뛰어갔었다

햄스터의 밤

뉴스가 끝나면 스포츠 뉴스다
오늘도 영웅은 홈런을 때리고
식탁에 숟가락을 흘뜨린 채
남편들은 옆으로 쓰러져 눕는다
불치병 시민의 아이를 위해
영웅은 선뜻 자선도 베푼다
홈런 홈런 홈런이다
스포츠 뉴스가 끝나면
드라마는 훌쩍이고
다큐멘터리는 진짜다
자정의 TV가 지직거리고
애들은 숙제에 엎드려 잠들고
식탁 위에 찌꺼기는 굳어간다
누구 떨치고 일어나
스위치를 눌러 끌 자
없다
플라스틱 집 속에 햄스터는
착실하게 바퀴를 달려
먼 길을 가고 있다

지독한 형광의 불빛에

눈부셔 쓰러진 숟가락들 고요하고

봄 그림자

산천동 간절히 가고 싶었지만 못 갔어요
병이 난 아이를 데리고 병원을 가는 길인데
연초록의 어린순을 내민 가로수들이
길바닥에 그림자를 눕혀놓고 있었어요
나무 어린 그림자 밟고 지나가는데
내 속에 그림자도 막무가내로 누워버리겠다는 거예요
산천동 꽃그늘에 덮인 산동네는
얼마나 처연한 빛을 띠고 있었을까요
나도 술을 마시고 취해
누워 헛소리를 할 수 있다면

그런데
늑대의 털을 걸쳐 입은 내 그림자 벌떡 일어나더니
어리고 생생한 잎들 먹어치우고
그것들 헤치고 달렸어요
달리는 버스 지붕
길가에 조그만 상자까지도 다 그림자를 거느리고 있었어요
모르는 척 마구 밟고 갔어요
영혼이라는 게 있을라구요

상자 같은 게
무심코 흔들리는 나뭇가지 같은 게
빌딩 꼭대기에 약간만 석양이 남아
그 위를 붉은 구름이 떠돌고
아이는 계속 열이 올랐어요
그림자 점점 자라 한 저녁을 덮어갔어요

벽과의 춤을

떡갈나무 붉은 이파리의 짝사랑은 담벼락이다
떡갈나무 그림자 벽에 너울거린다

자신이 찾는 것이
자신이 만지는 것이 무엇인지
모른다

노을 속에 담벼락은
창백하고 딱딱하고

자꾸 달아나려는 담벼락에
떡갈나무 기침을 쏟아놓는다
가슴병을 허리뼈를 밀어넣는다

헤아릴 수 없는 배고픔을 안고
그와 하는 놀이

담벼락은 자기 속에 감춘 것을 모른다
뜨거워진 것도 모른다

떡갈나무는 찾느라고
미끄러지고 엎어지는데

정신없이
땅거미가 밀려온다

안녕

멀리서
천둥 같은 게
소리는 들리지 않고
빛만 번쩍이는 게
그런 게

풀잎 같은 게
갑자기 돋아나
깊은 겨울이라서
그럴 리가 없는데도
어린 게
길가에 새파랗게
흔들리고 있었다

곁에 있던 네가
아득하게 멀어지면서

낮은 처마들이
손 들어

경례를 붙이고

안녕

나쁜 책

덮을 수가 없다
너의 이 흉포한 획책을
내 속에
공포와 폭풍을 불러일으키며
어디 한번 거부나 해보라며
책상 위에
머리통 위에
군림하고 앉아 있다

수많은 멋진 생각과 계획으로
너를 망치러 왔노라고
어디 한번 페이지를 넘겨보라며

어디선가 한밤에
아이가 운다 불길하게

모른다
나는 이 책을 해독할 수 없다
나는 못 본 척 잠들 것이다

창문이 흔들리고
컹컹 개들이 몰려간 후
고요하다

그러나
너는 안다
너의 유혹에 내가 어떻게 무너질지
울며불며 내가 어떻게 매달리게 될지
이미 다 써놓았으니
한심한 생을 한번 읽어나 보라며
위협한다

이 야비한 바람아
나쁜 책아
더러운 시(詩)들아

악몽의 벚나무

숨통이 짓눌린 채
벚나무 피었다
질린 분홍빛으로
천국페인트와 광성카센타 사이
밀리고 밀리다 멈춰 서서

하늘은 인색하게
햇빛을 아끼며
벚나무를 윽박지르지만
피었다 벚나무

간판과 간판 사이 빈틈 위로
고개를 길게 내빼고
피어서 바라본다
으르렁거리며 지나는 트럭을
택시를 오토바이를

기름 범벅의 지하로부터
뿌리를 타고 올라오는 비명 소리

피어서 기다린다
한 눈먼 광신자를
뿌리째 데리고 날아가줄
알루미늄 날개의 큰 새를

내게 강 같은 평화 넘치네 넘치네
다리도 팔도 없는 이가 틀어대는
찬송가를
이를 악물고 듣다가 듣다가
악몽 속에 벚나무
떨어뜨린다
굉음 속으로 벚꽃잎 몇장을

산 위에 밭

산 위에 밭이 있었고 높이 오른 밭이 있었고 정거장에는
사진관이 하나 지게꾼이 하나 무거운 짐 기다리고

축대 밑으로 조금씩 모래가 흘러내리고 쓰러지듯 날이 가
고 말도 없이 간 사람 죽은 것처럼 다시는 나타나지 않고

빈집의 창문처럼 산 위엔 밭이 있었고 아래엔 정거장이
있었고 차가 달려 밭고랑이 돌고 차 먼지 속으로 아이들이
사라지고

축대가 무너지고 아무런 새 날지 않고 바람 불지 않고 구
름은 우연히 멈춰 사진관이 사라지고 정거장이 사라지고

당나귀 귀의 숲

시간은 무장무장 흘러버렸고
당신을 잃은 지 오래되었고
망설이다 묻어둔 그 말
물고기의 말이 되었고
강아지의 말이 되었고

잎사귀 틈에 홍방울새
칡덩굴 속에 자주 꽃
그것들 그 말들
비집고 비집고 돋아난 것인데
도대체 무슨 뜻인지
내가 알아듣지 못하는 것처럼

그 말 모든 나라에 속하고 싶고
다시 태어나고만 싶어

그래 수년 만에 나타나 불쑥
입 밖에 낸다면
당신 그 소리 느닷없어 알아들을까

홍방울새 울음소리
빨갛게 맺는
열매로만 알아듣는 것처럼

언젠가 들은 소리라고
이마를 찌푸리고
누구였더라 무엇이었더라

엉기고 엉겨버린 것들
알아볼 수 있을까

산꼭대기로 기어올라가서
모래 폭풍 속으로 달려나가서
바위 구멍 속에 퍼부어두었던 말들

대숲이 되어 수런거리는데
순간에 빈 바람을 부르는데

어디로 데려가 달래주나
어디로 어떻게 불러보나

달빛이 살쾡이같이

달빛이 살쾡이같이 내려와서
지상의 너 강아지풀은
뾰족해진 것
칼과 같이
특이한 식물이 돼버린 것

줄기를 뻗대고 잎을 내밀고
살쾡이 같은 달빛을
머리 위에 올려 피워보려고
수런거렸던 것

강아지 새끼가 어미젖을 찾아
얼굴을 비비대듯 허공을 비벼
초승달을 상현달을 보름달을
줄기 끝에 차례로 올려 피워보려고

초승꽃에서 그믐꽃까지
그렇게 날마다 서른개의 꽃을
돌아가며 피워놓으려고

삐죽대고 이죽거리며 흔들었던 것

달빛도 따라 흔들렸던 것

붉은 밭

깜빡 잠이 들었었나 봅니다 기차를 타고 가다가 푸른 골짜기 사이 붉은 밭 보았습니다 고랑 따라 부드럽게 구불거리고 있었습니다 이상하게 풀 한포기 없었습니다 그러곤 사라졌습니다 잠깐이었습니다 거길 지날 때마다 유심히 살폈는데 그 밭 다시 볼 수 없었습니다

무슨 일 때문인지는 기억나지 않습니다 엄마가 내 교과서를 아궁이에 처넣었습니다 학교 같은 건 다녀 뭐 하냐고 했습니다 나는 아궁이를 뒤져 가장자리가 검게 구불거리는 책을 싸들고 한학기 동안 학교에 다녔습니다 왜 그랬는지 모릅니다

타다 만 책가방 그후 어찌했는지 기억나지 않습니다 그 밭 왜 풀 한포기 내밀지 않기로 작정했는지 그러다가 어디로 사라졌는지 알 수 없습니다 가끔 한밤중에 깨어보면 내가 붉은 밭에 누워 있기도 했습니다

  두번째 시집 『햇빛 속에 호랑이』에 이어 이번 시집에서도
시간과 기억으로부터 관심을 돌릴 수 없었다. 기억 속에 시
간은 조각조각 흩어져 있다. 안개와 함께 떠돈다. 그 시간의
파편 속에서 내가 모르던 나의 실재를 끌어낼 수 있을 것만
같았다. 그 속에서 나를 이해하는 것이 다른 사람과 이 세계
를 이해하는 한 방법이라는 생각도 들었다.

  파헤쳐진 흙, 죽은 고래, 동물원의 사슴, 무령왕릉 속 불
빛, 전철 맞은편에 앉았던 늙은 여자, 빨간 다라이 들은 확장
된 내 몸이다. 나의 팔다리이며 허파이고 내 꼬인 창자들이
다. 그것들은 또한 나의 결핍이며 얼룩이다. 그 결핍의 얼룩
을 통해 다른 이의 얼룩을 안고 덧없는 순간으로부터 벗어
나 세계와 닿고 싶었다.

  언젠가 신문에서 「짜장면 배달」이란 그림을 보았다. 첫 개
인전을 여는 서양화가 주재환의 전시회 기사에 딸린 그림
이었다. "자본주의 사회에서 고달프게 휘달리는 서민들 삶
이 배어든 유화"라는 설명과 상관없이 깊은 감동을 받았고,

내 시집 제목을 「짜장면 배달」로 하고 싶은 심정이었다. 그러나 「짜장면 배달」이란 시는 결국 쓰지 못했다. 「3분 동안」 「파헤쳐진 흙」 「달과 수박밭」 「빨간 다라이」 등을 시집 제목으로 생각해보았다. 처음엔 「빨간 다라이」를 제목으로 하려고 했었다. 우리는 야비하게 망가져 '빨간 다라이' 속에 담겨 있으니까. '개집'처럼 뒹굴고 있으니까. 그러나 내 의도를 넘어 강한 메시지만이 전달되는 것은 아닐까 하는 걱정이 앞섰다. 결국 한 착란의 시간 속에서 만났던 「붉은 밭」을 제목으로 결정했다.

생각해보면 나는 돌멩이 하나가 허공에 떠 있는 순간의 그 짧은 작열감을 타고 시의 어떤 순간이 오기를 기다렸던 것 같다. 그러나 착란의 순간은 짧고 거의 모든 시간 동안 돌멩이는 땅바닥에 팽개쳐져 나뒹군다. 말이 욕구를 항상 따라와주지는 않는다. 고작해야 순간일 뿐인 현재를 혼자 소리로 채우는 것은 아닐까 하는 조바심이 든다. 누가 내 시간 속으로 들어와 고개를 끄덕여줄까?

미진했던 이전의 시에 격려와 애정을 보내주신 분들께 이 시집을 바친다.

2001년 9월

최정례

한 나무에게 가는 길은
다른 나무에게도 이르게 하니?
마침내
모든 아름다운 나무에 닿게도 하니?

한 나무의 아름다움은
다른 나무의 아름다움과 너무 비슷해

처음도 없고 끝도 없고

　의문문으로 시작했던 이 시, 이제는 평서문으로 고쳐 읽어본다. 한 나무에게 가는 길은 다른 나무에게도 이르게 한다. 마침내 모든 아름다운 나무에 닿게도 한다. 한 사람을 향한 열렬함이 마침내 모든 사람을 사랑할 수 있는 능력을 갖게 할 것인지의 의문으로 시작했던 이 시, 그러나 길은 아직 끝나지 않았다.

내가 서 있던 자리와 내 모습을 그려 보여줬던 시, 시 안에서 시로 인하여 기르게 된 힘으로 다른 삶을 살기로 꿈꾸었던 시간, 세번째 시집 『붉은 밭』의 시간, 그때의 시들을 다시 돌아보니 끈기가 시의 힘을 키워준 게 아니라, 시의 힘이 끈기를 길러준 것 같다. 내 존재의 유한함을 견디게 해준 것은 시였고, 사랑의 불가능함을 견디게 해준 것도 시였다. 그러나 언젠가는 이 사랑의 불가능함이 가능함으로 바뀌게 될 날도 오리라 믿는다. 그러나 그런 날이 오지 않는다 해도 나는 다시 돌아올 것이다. 시는 언제 돌아와도 늘 나를 받아주는 출발점이었으니까.

2019년 9월

최정례

창비시선 다시봄

붉은 밭

초판 1쇄 / 2001년 10월 10일
개정판 1쇄 / 2019년 10월 10일

지은이 / 최정례
펴낸이 / 강일우
책임편집 / 전성이 박준 박문수
조판 / 신혜원
펴낸곳 / (주)창비
등록 / 1986년 8월 5일 제85호
주소 / 10881 경기도 파주시 회동길 184
전화 / 031-955-3333
팩시밀리 / 영업 031-955-3399 편집 031-955-3400
홈페이지 / www.changbi.com
전자우편 / lit@changbi.com